¡Este es Mi Cuerpo

y

Me Pertenece a Mí!

¡Este es Mi Cuerpo

y

Me Pertenece a Mí!

La introducción a la prevención del abuso
sexual infantil para niños de 3 años de
edad o más... y cómo responder

Alisha Hawthorne-Martinez, LCSW

ISBN: 978-1-387-04339-2

PublishNation LLC
www.publishnation.net

AGRADECIMIENTOS

Primero y sobre todas las cosas, yo quiero dar gracias a mi Dios por guiar mis pasos a esta profesión de ayuda y sanación. También, me gustaría dar gracias a todos mis clientes, que dia a dia me permitieron compartir sus experiencias que me han enseñado tanto sobre el poder de la esperanza, sanación y perdón. Mi agradecimiento fundamental a los que viven todos los procesos de mi vida, mi familia: mis abuelos, padres, hermano, esposo y mis hijos, a ellos mis infinitas gracias por su comprensión y apoyo en todos mis recorridos. A mi abuela, Jerilyn Hawthorne, y a nuestras charlas y consejos útiles de vida, que inspiraron mi creatividad, y a Tony Pino por tener con-fianza en mí, ¡Mil gracias!

Publicación patrocinada por Morrow y Pettus.

Me llamo Sara y yo soy una niña.

Yo soy ella.

Ella soy yo.

Me llamo Juan y yo soy un niño.

Yo soy el.

El soy yo.

¡Ambos somos personas! ¡De muchas maneras somos iguales pero también muy diferentes!

¡Ambos tenemos nuestros propios cuerpos! ¡Ambos sentimos igual que todos ustedes!

Yo soy niña y mi cuerpo me pertenece a mí.

Tengo partes de niña; pechos y vagina. Yo sé para qué son.

Estas son las áreas que cubren mi traje de baño y no son para que nadie pueda ver;

¡Pues este es mi cuerpo y me pertenece solo a mí!

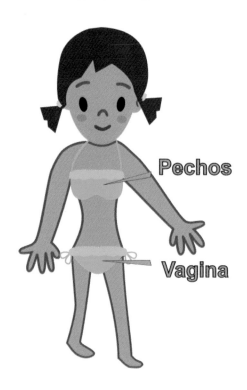

¡Mi cuerpo es mío, desde mis piececitos hasta mi cabeza!

¡Solo yo decido que forma de tocar está bien y cuál está mal!

Yo soy un niño y mi cuerpo me pertenece a mí.

Tengo partes de niño; pene y testículos. Yo sé para qué son.

Estas son las áreas que cubren mi traje de baño y no son para que nadie pueda ver.

¡Pues este es mi cuerpo y me pertenece solo a mí!

Pene
y
Testículos

¡Mi cuerpo es mío, desde mis piececitos hasta mi cabeza!

¡Solo yo decido que forma de tocar está bien y cuál es mal!

Hay maneras de tocarme que son apropiadas y que son indebidas.

¡Y saber la diferencia es muy importante para mí!

Hay maneras de tocar que me traen felicidad,

¡Como abrazos de mis padres, que son los que yo quiero recibir!

Si alguien me toca y me hace sentir triste o me duele,

Son las formas de tocar que son indebidas.

Tocarme en las áreas que cubren mi traje de baño no es permitido,

Ni tocarme de cualquiera manera que sea incómodo.

A menos que....

Mis padres necesiten limpiarme,

¡O me duele algo y necesiten revisarme!

¡Y también un doctor me puede revisar *pero* con mis padres presentes!

¡Estas son las ocasiones que pueden tocarme, en las áreas íntimas que me pertenecen a mí!

¡Una cosa que puedo hacer con mi familia, es crear una clave personal!

Si algún día me siento nervioso o asustado con alguien,

Puedo decir mi clave personal,

O dar una señal sin tener que decirlo.

Si alguien quiere tocar mis partes íntimas,

Y me siento asustado, raro o incómodo…

¡Yo estaré preparado!

¡Gritaré! "¡NO, este es mi cuerpo y me pertenece a mí!"

¡Correré directo a un adulto conocido! ¡Y él sabrá cómo ayudarme!

Si alguien me pide que yo toque sus partes íntimas,

Yo gritaré "¡NO!"

¡Y correré derecho a un adulto conocido que me puede proteger!

Si alguien me toca de manera indebida,

Hay cosas malas que me pueden decir. Como:

- que no le diga a nadie.

- que no grite.

- que nadie me creerá.

O hacer algo con la intención de asustar a mi voz.

¡Pero aunque tenga miedo yo seré valiente!

¡Sabré que hacer y qué decir!

¡Y no dejaré a nadie que me quite mi voz!

¡Yo sé que me van a creer los adultos que me protegen!

¡Tendré valor! ¡Y seré fuerte y valiente!

Le avisaré a alguien con quien tengo confianza que me tocaron de manera indebida.

¡Y les diré que necesito su ayuda!

Cuando le diga a un adulto que me tocaron de manera indebida,

Tal vez no sabrán que decir.

Tal vez se sentirá muy triste o muy enojado.

Pero recordaré que el toque de manera indebida es malo,

Y ellos no están enojados o tristes conmigo.

Sino con la persona que no pudo entender que este es mi cuerpo y me pertenece a mí.

Hay adultos que me pueden ayudar,

Como doctores, policías o consejeros que me ayuden a comprender,

¡Que yo soy fuerte! ¡Y que mi cuerpo me pertenece a mí!

¡Recuerden! Niño o Niña, Ella o El,

¡Este es mi cuerpo y me pertenece mí!

¡Y tú cuerpo también te pertenece a ti!

Y ahora sabes que hacer,

¡Para evitar que te toquen de manera indebida!

¡Y cómo pedir ayuda de adultos conocidos!

¡Este es mi cuerpo y me pertenece a mí!

Consejos Para Padres de Familia

1. El tema de las maneras de contacto apropiado o indebido puede ser un tema difícil para discutir con los niños. El introducir este tema a temprana edad ayuda a facilitar el proceso y también ayuda en el desarrollo de las capacidades de protección a temprana edad.

2. El concepto que hay "maneras de tocar malas y buenas" se ha visto confuso para los niños, considerando que el tocar a alguien se supone que debe de ser agradable. Maneras de tocar apropiadas e indebidas son términos más fáciles de comprender a temprana edad.

3. Establezca una palabra o frase para comunicarse con sus niños de manera privada por si ellos no se sienten seguros con alguien. Esta palabra o frase clave puede ser cualquiera cosa que su niño elija y pueda recordar. Si su niño usa esta clave, retírelo de la situación y pregúntele porque no se siente seguro.

4. Muchas de las víctimas que yo ayudo reportan que no revelan actos de abuso a sus padres porque piensan que no les creerán. Comuniquen a los niños que ustedes creen en ellos.

5. La mayoría del abuso sexual no ocurren necesariamente con desconocidos. Al contrario, ocurre con las personas en las que más confiamos. Esto influye en el temor de los niños; muchas veces piensan que no les creerán. Demuéstrele a sus hijos que tiene confianza en ellos por medio de la comunicación y el apoyo.

6. Si su niño reporta abuso sexual, debe saber que sí lo cree. Notifique a la policía o a su departamento local de CYFD (Departamento de Niños, Adolescentes, y Familias). Después de hacer estas llamadas pregúntele a su niño si hay algo que puedan hacer para él. Muchas veces ellos necesitarán algo que nosotros como padres no hemos pensado, como el reemplazo de ropa o sábanas. A veces, simplemente necesitan cariño. No destruyan materiales que el Departamento de Policías pueda necesitar.

7. Frecuentemente asegúrese de que su niño esté seguro. Después de dormir en otra casa o asistir a algún evento, pregúntele a su niño si se sintieron seguros.

8. Recuerde que el abuso sexual nunca es culpa de la víctima.

9. Los actos de abuso sexual *siempre* se deben de reportar. Si usted tiene temor de reportar un caso en el cual existe estatus de emigración, recurra a un Centro de Defensas de Niños para recibir más información.

La Autora

Alisha Hawthorne-Martínez tiene su Maestría de Trabajo Social y está titulado con el estado de Nuevo México (LCSW). Tiene experiencia en terapia familiar y terapias relacionadas con el abuso del alcohol y las drogas. También es Directora Ejecutiva del consultorio 'Second Chance Counseling' en Farmington, Nuevo México. Ofrece servicios centrados en la estructura familiar, y se especializa en el tratamiento de trauma y jóvenes con conductas sexuales problemáticas. Adicionalmente, hace consultas de servicio social para New México Highlands University y también brinda supervisión a varias agencias locales. Cuando no está trabajando, Alisha se encuentra pasando tiempo con su amado esposo y sus hijos.

Este documento fue traducido por María L. Cisneros, Trabajadora Social (BSW) y Antonio Pino.